AF265520

OLTRE
LE
BARRIERE

di
Trevor P. Kwain

Pubblicato da Threepeppers Publishing

Copyright © 2017 Trevor P. Kwain, pseudonimo

Tutti i diritti sono riservati. È vietata qualsiasi utilizzazione, totale o parziale, dei contenuti inseriti nel presente testo, ivi inclusa la memorizzazione, riproduzione, rielaborazione, diffusione o distribuzione dei contenuti stessi mediante qualunque piattaforma tecnologica, supporto o rete telematica, senza previa autorizzazione scritta dell'autore e della casa editrice.

Nomi e personaggi vengono utilizzati per scopi narrativi. Qualsiasi analogia con persone realmente esistite, vive o morte, con eventi o ambienti reali è da considerarsi puramente casuale.

2° Edizione – Febbraio 2017
Prima edizione in Italiano: Settembre 2012

ISBN: 978-0-9957274-0-3

www.3peppers.co.uk

www.trevorpkwain.org

*Ad Italo Calvino e alla classe 2°C 1999/2000
insieme a tutti i suoi professori*

SOMMARIO

Il Vecchio Guardiano

Il paese di Urbina era ormai immerso nel buio. Nessuna finestra era illuminata, tutto spento, tutta la popolazione dormiva. Il silenzio regnava per le strade, qualche volta gli occhi di un gatto o un cane si illuminavano nei vicoli alla luce della luna, ma non emettevano alcun rumore. Era scesa la notte col suo mantello nero e aveva portato con sé chissà quali notturne creature, creature che vivevano nei miti e nelle leggende di tutto il mondo.

Nell'oscurità c'era tuttavia una luce giallastra che illuminava i dintorni del paese. Infatti a pochi passi da esso sorgeva su una collina la centrale elettrica Urza. Si trattava di un semplice edificio di color rosso fuoco. Le sue fondamenta erano pilastri che assorbivano dal terreno una certa quantità di energia termica. Quantità molto modesta, quanto bastava per Urbina e alcune fattorie nelle zone circostanti. Era attiva ventiquattro ore su ventiquattro e la notte, essendo l'unica fonte di luce in quel punto, sembrava che ci fosse una di quelle rare aurore boreali. Gli abitanti di Urbina non erano per niente infastiditi da quel bagliore anzi, custodivano gelosamente la centrale perché era la loro unica fonte di sopravvivenza e inoltre si trattava di un asso nella manica nel settore bellico-industriale, soprattutto da quando la Rivoluzione Tecnica aveva invaso il continente. Per questo motivo c'era sempre un guardiano che giorno e notte vigilava davanti al cancello. Era un uomo vestito di una tunica che però ora si presentava come un mucchio di stracci. Quando la centrale fu aperta, il comune ovviamente cercava un guardiano: lui fu l'unico a presentarsi per quell'incarico che molti consideravano stancante. Si trattava di uno straniero, nessuno l'aveva mai visto in faccia, un cappuccio polveroso celava il suo volto. La gente credeva si trattasse di un vecchio. Infatti le sue mani erano grandi e rugose, camminava a stento e aveva sempre il fiatone. Il comune non ci fece caso, l'uomo fu assunto e così da quel giorno è sempre stato là, seduto ad osservare la centrale e il paese, come una statua. Per via del suo aspetto in paese si era avvalso del nome di Uomo di Stracci.

Quella notte l'Uomo di Stracci era fermo, immobile a scrutare il cielo invernale. L'unico rumore udibile erano i grilli e il leggero ronzio proveniente dai sotterranei della centrale. Improvvisamente l'Uomo di Stracci si accorse che lungo la strada che conduceva alla centrale, quasi a mezzo miglio da lui, si stagliava una figura imponente, mastodontica, mai vista prima in quelle terre. Si avvicinava lentamente a passi pesanti e ogni tanto emetteva un grugnito particolare. I passi facevano tremare il terreno a mano a mano che la distanza tra l'Uomo di Stracci e la sagoma diminuiva. Poi la luce della centrale riuscì a illuminare l'essere che ora era solo a pochi passi dall'Uomo di Stracci. Si trattava di un animale possente, alto il doppio del guardiano, camminava a quattro zampe e aveva una pelle flaccida di color grigio. Un lungo naso scendeva giù penzoloni dagli occhi piccoli e stanchi e paralleli ad esso spuntavano arcuate due lunghe zanne bianche. L'Uomo di Stracci sembrava sorpreso, ma la sua espressione era nascosta. Poi una voce parlò.

'Ehi, vecchio, apri la porta, dobbiamo fare gli straordinari!'

Il vecchio guardiano si scostò di lato per vedere che sopra l'animale, proprio sulla groppa, erano sedute due donne dai capelli lunghi, una coi capelli e la pelle scura come la notte che però di fronte alla forte luce della centrale diventava color bronzo; l'altra invece pallida, sia i capelli che la pelle erano di un colore bianco cadaverico. Entrambe vestivano gilet e pantaloni e i loro colli erano ornati con collane di ogni tipo.

'Ehi, vecchio, ti sei rincitrullito? Dobbiamo entrare!' ripeté la ragazza in bianco un po' seccata.

Le due ragazze scivolarono giù dal fianco dell'animale, i loro corpi snelli e giovani. Le due si erano dirette verso la porta della centrale, ma l'Uomo di Stracci non era d'accordo a lasciarle passare e così gli bloccò il passaggio.

'Ehi, ma dico, sei impazzito? Ci hanno chiamato d'urgenza dall'ufficio per fare uno stupido controllo. Non ti dico che levataccia, e tu ci impedisci di entrare?' gridò sempre la donna in bianco.

Era sul punto di spingerlo di lato, ma l'Uomo di Stracci alzò immediatamente il braccio, ondeggiò il dito e toccò i gioielli della ragazza. Poi prese il bastone e cominciò a scrivere sulla strada sterrata e polverosa a lettere cubitali.

STREGHE CUOMBAJJ

Il vecchio alzò la testa e mise il bastone di traverso davanti a sé, come se fosse pronto a combattere. Le due ragazze rimasero scioccate, disorientate. Poi la ragazza in nero parlò dopo un lungo silenzio.

'Tu ci conosci! Tu sai chi siamo! Per tutte le ali di pipistrello, chi diavolo sei?'

'Non importa,' interruppe l'altra. 'chiunque si mette tra noi e il potere finisce morto stecchito.'

La ragazza alzò lo sguardo al cielo e dopo aver pronunciato una serie di frasi senza senso il vento soffiò ancora più forte formando una grande nuvola di polvere tra l'Uomo di Stracci e la giovane strega. Il vecchio guardiano indietreggiò appoggiandosi al suo bastone. La nuvola si condensò rapidamente e cominciò a prendere una forma i cui lineamenti erano però ancora vaghi. Poi la coltre di sabbia divenne solida e un serpente marino si alzò dirimpetto dinanzi al guardiano. Il lungo corpo viscido si attorcigliava continuamente, ma la testa del serpente rimaneva ferma a fissare il guardiano in faccia. La cresta verde, gli occhi porpora, erano così terrificanti. La bocca spalancata mostrava tutti i suoi denti aguzzi e tra di essi potevi ancora vedere qualche brandello di carne: tracce del suo ultimo pranzo. Tuttavia l'Uomo di Stracci non esitò un momento, mise subito il palmo della mano sul mento e soffiò. Un soffio strano, misterioso, che scatenò di nuovo il vento. Il serpente rimase disorientato e cadde come un castello di carte al suolo, di lui rimase solo un po' di sabbia che in poco tempo si disperse. Ora restava solo il vecchio di fronte alla centrale, ma il suo aspetto era cambiato rispetto a qualche momento prima. La tunica non era più un mucchio di stracci, ora brillava di un blu intenso che risplendeva al chiarore della centrale. L'Uomo di Stracci mise le mani sul cappuccio e lentamente lo sollevò. Sotto il cappuccio apparve un volto giovane, con gli occhi azzurri e i capelli biondi, un aspetto magico che sorprese le due streghe.

'Ecco perché è riuscito a sconfiggerci. È un mago!' disse con voce isterica la strega bianca.

'Un mago delle Caverne Blu, vecchie zitelle!' rispose il giovane risoluto. 'Gli elefanti e i serpenti marini non esistono in queste regioni. Da tempo aspettavo di riprendere quello che mi era stato rubato e non saranno di certo i vostri giochetti da quattro soldi a fermarmi. Le falde energetiche appartenevano al mio popolo, la Rivoluzione Tecnica ha rovinato tutto, tutte le tradizioni dei maghi che i miei avi avevano tramandato di generazione in generazione.'

'Non credere che tutto sia finito!'

Stavolta fu la strega nera a parlare e ad alzare di nuovo le braccia al cielo. In quel preciso istante la terra cominciò a tremare e i volti di entrambe le streghe erano fissi sulla centrale che già cominciava a traballare sotto l'effetto del tremolio. Il mago si girò di scatto. L'enorme struttura era ormai sul punto di cedere, tentacoli di terra erano sbucati dal terreno e stavano intaccando le fondamenta: la centrale avrebbe perso tutto il suo potere e l'energia si sarebbe dispersa per sempre nell'aria. Il mago non poteva permettere che le sue fatiche e quelle del suo popolo in tutti questi anni finissero in una nuvola di fumo. Chiuse gli occhi e iniziò a concentrarsi. Anche lui aveva alzato le mani al cielo, e tutto il caos che c'era intorno era per lui scomparso del tutto. Le mani protese presero a vibrare, sembrava che con esse attirasse come una calamita l'intera energia della centrale e ora sulla sua testa si era formata una palla di fuoco. Il mago aprì gli occhi e con un gesto del braccio lanciò la palla nel cielo. Improvvisamente un fulmine colpì un punto della collina e un bagliore intenso illuminò l'intera pianura per un paio di secondi. Le streghe, l'elefante e il mago stesso caddero a terra e dopo tornò il buio e il silenzio.

Era quasi l'alba. Non c'era alcun rumore, perfino quello dei grilli era a malapena percettibile. La centrale era spenta, priva di ogni fonte energetica, la zona circostante era desolata. Alcune finestre si erano accese ad Urbina e parte della popolazione era uscita terrorizzata dall'esplosione. I primi ad arrivare sulla scena furono i vigilanti notturni armati di forca e lampada ad olio. Trovarono soltanto uno strano animale grigio che scorrazzava infuriato sulla collina. I vigilanti videro davanti alla centrale un cerchio di terra bruciata ancora fumante. Non c'era altro. E così nessuno poté dare una spiegazione. Il guardiano era scomparso, ma in seguito fu dimenticato anche perché la centrale non andava più protetta con il corso degli anni. Tuttavia oggi viene usata come una scuola per scienziati e molta gente viene da ogni parte del mondo per vedere questo monumento alla

Rivoluzione Tecnica. Gli abitanti di Urbina hanno perso qualcosa di importante, ma subito hanno trovato qualcosa di nuovo e altrettanto proficuo. L'uomo non smetterà mai di fermarsi agli ostacoli. In ogni modo cercherà di superarli, costi quel che costi.

Adesso il paese di Urbina è ritornato tranquillo, come un tempo. Secondo gli anziani del paese a volte sembra che ci sia ancora la luce della centrale che illumina i dintorni, anche se non esistono fonti di luce per miglia e miglia in ogni direzione. Forse dovrebbero guardare in alto nel cielo settentrionale dove un puntolino bianco sprigiona ogni inverno la luce intensa dei Maghi delle Caverne Blu e ancora oggi guida gli uomini in ogni loro impresa.

Il segreto di Talibah

Il tempio di Talibah è immerso nella giungla tropicale e per secoli è rimasto disabitato, lontano dal mondo civile. Non si sa chi l'abbia costruito, probabilmente una popolazione preistorica che poi scomparve senza lasciare traccia. Gli indigeni credono che sia un posto maledetto, credono che i fantasmi dell'antica tribù vivano ancora lì, pronti a uccidere nel sangue chiunque tenti di avvicinarsi. Molte persone sono partite per svelare il mistero senza mai ritornare. E così è nata una leggenda.

Anche il comandante O'Donagh stava per diventare una leggenda, solo che ancora non lo sapeva. Come ogni soldato non poteva di certo stare a fantasticare sul suo futuro, l'unico obiettivo era compiere la missione affidatagli nel minor tempo possibile.

Il porto di Maracao era molto trafficato quella mattina: migliaia di schiavi, mercanti, soldati, andavano avanti e indietro, su e giù per la banchina del porto. Il comandante era sbarcato con il suo plotone di picchieri proprio in quel momento, e la prima cosa che gli venne in mente fu di fuggire al più presto da quell'inferno. Con un po' di difficoltà riuscirono a raggiungere le strade del villaggio dove la vita sembrava un po' più calma. Al contrario le periferie erano quasi deserte. Qualche ragazzino correva su e giù per le strade, nessun altro. Ben presto furono completamente soli, la savana aveva lasciato posto ai primi grandi alberi e la giungla cominciava a diventare sempre più fitta. Il sole aveva cominciato la sua discesa all'orizzonte, ma per il gruppo di picchieri era già sparito da un bel pezzo lasciando solo il colore blu del cielo sopra le loro teste. Quando scese la notte, la giungla inghiottì completamente il plotone. Due dei picchieri chiesero di poter accamparsi, ma il comandante sapeva bene che una semplice sosta sarebbe stata pericolosissima per lui e i suoi uomini. Non disse nulla, continuò il suo cammino guidato dalla luce della lampada, l'unica luce nell'oscurità della giungla silenziosa. Camminarono, camminarono, mantenendo il passo, ma soprattutto restando in silenzio. Ognuno era immerso nei propri pensieri, ansioso di finire questa missione. Improvvisamente a O'Donagh sembrò di sentire una voce che dicesse 'Fermati!'. Si girò verso il picchiere a suo fianco, ma sembrava che non sentisse niente. E così si fermò, alzò il braccio e dopo aver scrutato la giungla attorno a lui si rivolse ai picchieri.

'Alt! Ci accamperemo qui per la notte!'

La mattina dopo il sole era già alto. La giungla aveva tutto un altro aspetto sotto l'effetto della luce. Il comandante era già in piedi, pensieroso. Da una parte era contento che la notte fosse trascorsa senza problemi, ma dall'altra era sorpreso dalle due coperte abbandonate. Due picchieri avevano disertato, erano rimasti in due e in due avrebbero fatto quel che si doveva fare. Non appena l'altro fu pronto continuarono il loro viaggio. Mentre cercavano di aprirsi un varco attraverso la fitta vegetazione, il comandante continuava a pensare ad un sogno strano fatto la notte scorsa. Aveva sognato un falco, bello e maestoso che dall'alto dalla giungla poteva vedere tutto, e in basso un enorme drago minacciava la sua stessa vita. Più che un sogno era un incubo, un incubo che aveva svegliato il comandante in un bagno di sudore.

Era mattina presto, il debole chiarore del sole già risplendeva nel cielo. O'Donagh aveva alzato il viso e in alto un falco bello e maestoso volava in tondo proprio sopra di loro. Il falco si era spostato insieme a loro, era come se li guidasse. Ad un certo punto il falco planò verso destra e il comandante ordinò al picchiere.

'A destra!'

La decisione risultò fruttuosa, dopo un centinaio di metri giunsero in una pianura. Davanti a loro si innalzava imponente e massiccio il tempio di Talibah. Era affascinante e allo stesso tempo incuteva timore. Non c'era un portone, soltanto una larga apertura. All'interno non era buio, entrava abbastanza luce dall'apertura per illuminare la sala centrale. C'era una fila di torce accese su ogni lato della sala e sembrava che fossero immuni al vento che soffiava da un'altra apertura sul soffitto. Al centro della sala si trovava una statua gigante, così alta da raggiungere il soffitto e toccare il cielo. Il volto era in ombra, non si distinguevano i lineamenti, mentre il busto era illuminato e contrassegnato da figure e strani segni. Le braccia possenti erano sistemate come una bilancia e dalle grandi mani pendevano due statue più piccole appese a dei fili: un guerriero da una parte e un drago dall'altra. La statua gigante non era l'unica cosa maestosa nel tempio, attorno ad essa giacevano tonnellate di oro zecchino che brillava alla luce intensa delle torce.

Il picchiere corse subito ad ammirare quella montagna di ricchezza, il comandante invece non ci fece caso, ma sembrò più interessato alle scritte. Si trattava di puri e semplici geroglifici, intervallati da qualche disegno ritraente i sacerdoti e i fedeli. O'Donagh cominciò a tradurre anche se non si sentiva tranquillo sotto lo sguardo malvagio del drago, lo stesso drago del sogno. Sulla statua c'era scritto il seguente messaggio.

In principio il grande dio Talibah creò l'Uomo. Vedendo che l'uomo conviveva in modo armonioso con la Natura, allora Talibah gli diede il fuoco e l'oro: con uno avrebbe dato vita alla Grande Civiltà e con l'altro avrebbe garantito la felicità e lo splendore. Ma gli Uomini cominciarono a litigare e Talibah rimase indignato. Andò su tutte le furie e per castigo divise l'anima dell'Uomo in due parti: una buona e una cattiva che avrebbe perseguitato per sempre le azioni della parte buona. Lasciate ogni vizio, ogni oggetto di perdizione ai piedi di Talibah, o il male avrà sempre la meglio...

Ad un tratto un fulmine lampeggiò nel cielo. Il comandante alzò gli occhi. Il cielo era diventato viola, un viola tetro. Notò che la statua del drago si era leggermente alzata e quella del guerriero abbassata. Non fece in tempo a girarsi che il picchiere lo colpì dietro con la spada trapassandolo da parte a parte. Sanguinante, O'Donagh riuscì soltanto a girarsi prima di cadere a terra morto. Abbastanza per vedere le mani del picchiere piene di monete d'oro e gli occhi assetati di avidità. In quel preciso istante gli occhi del drago si illuminarono di rosso. Il testo sulla statua continuava così.

...ma l'Uomo non è capace di controllare sé stesso e gli altri. Talibah lo avverte, ma l'Uomo era, è e sarà sempre vittima del proprio destino. Non potrà mai sfuggire ai fili del destino, nemmeno con un paio di forbici.

Forziere pieno, uomo vuoto

La barca avanzava lentamente lungo il fiume. Il giovane dai capelli castani remava a ritmo sostenuto sulle acque scure e inquiete. Il cielo era grigio, gli alberi lungo la costa erano di un colore verde vivo, ma decadente. L'unico rumore era l'impatto del remo con l'acqua, un gorgoglio che si spegneva quasi subito. Il giovane era forte e audace per la sua età, il volto era fermo, impavido, mirante dritto davanti a sé. Ma non era uno sguardo nel vuoto, quel giovane cercava qualcosa, lo si poteva leggere negli occhi, quel luccichio di ansia e meraviglia nell'attesa di qualcosa ricercato da tempo.

Ad un centinaio di metri dalla barca, un tronco d'albero si ergeva a forma di ponte sopra il fiume. Sembrava proprio che fosse sul punto di cadere, chissà quanti anni è stato lì fermo, chissà quante persone l'hanno visto e hanno pensato che fosse giunto il suo momento. Illusi, la forza della natura è incommensurabile.

Lo diceva anche la piccola figura verde seduta sul tronco, un goblin, una di quelle tante creature del bosco. Proprio in quell'istante era lì a giocherellare con un mucchio di budella nelle mani e di certo il giovane non poté procedere senza fermarsi davanti a quello spettacolo poco convincente. Il giovane si avvicinò fino a trovarsi sotto il tronco, ma il goblin sembrava non averlo visto.

'Dove sei diretto, essere umano?' chiese il goblin all'improvviso.

'Tu chi sei?' rispose il giovane.

'Qui le domande le faccio io. Dove sei diretto?'

'La mia meta è quella che molti uomini cercano all'interno della natura stessa.'

'Non credere di essere furbo. Qui parlo solo io in modo enigmatico. Tu sei molto giovane e già troppo ambizioso. Vuoi forse sapere come andrà la tua ricerca alla conquista del Forziere del Mana?'

'Come lo sai, dannato goblin?'

Il goblin sogghignò.

'Guarda questo mucchio di budella, sembra non dire niente, ma racchiude un significato.' disse il goblin.

'Non sono interessato a lezioni di anatomia.' rispose sgarbatamente il giovane.

'Stai attento, la presunzione e la superbia non portano molto lontano!' lo ammonì il goblin.

'Non sarai tu, misero goblin rincitrullito, ad ostruirmi il passaggio.' gridò irato il giovane e in fretta e furia passò oltre lasciandosi il goblin alle spalle.

'Te lo ripeto: stai attento!' disse il goblin preoccupato. 'Non essere frettoloso. Guarda la strada che stai percorrendo, non la meta, molto spesso le due cose non coincidono.'

Ma il giovane era ormai già lontano, le montagne rocciose erano vicine, l'ambizione era tanta. Secondo le Scritture il Forziere si trovava lì tra le pietre scarlatte e purpuree, custodito dai Cavalieri d'Argento.

Il giovane attraccò la barca in un'insenatura ai piedi della catena montuosa. Non era intimorito dall'imponenza di questa massa rocciosa che si stagliava sul cielo color grigio. E senza pensarci nemmeno il giovane cominciò a scalare, scalare e scalare. Scalò per ore, con quel luccichio nei suoi occhi ancora più forte. Forte era il desiderio di sapere, pieno di avidità e superbia; sembrava qualcosa di anormale, ma allo stesso tempo innato.

Dopo ore di cammino giunse alla fine del sentiero, ma sfortunatamente la cima non si rivelò utile nella sua ricerca come aveva sperato. Davanti al giovane si estendeva una lunga catena di cime innevate e dietro di essa mille ancora. Il Forziere poteva essere dovunque, dietro ogni roccia grigia, sotto qualsiasi manto di neve.

Avrebbe impiegato una vita intera, soltanto per trovare una risposta. Il giovane cadde in ginocchio, tanta era la disperazione, la rabbia. Il viaggio, la scalata, tutto questo per farsi dire 'Continua ragazzo, ancora uno sforzo'. Sì, uno sforzo, e magari un altro, e poi un altro ancora fino allo stremo delle forze. Tutto questo sforzo per niente.

Proprio in quel momento il vento si alzò lanciando il suo grido gelido. Il freddo arrivò quasi subito immobilizzando il giovane e insieme a lui i suoi rimpianti. Improvvisamente dal nulla apparvero attorno a lui quattro figure accompagnate dal vento. Tutte e quattro le figure indossavano un'armatura argentea, un tempo luccicante, ma ora vecchia, logorata dal tempo e non più splendente. Insieme alzarono le spade e poi sferrarono un colpo secco e deciso che riecheggiò tutt'intorno come un fantasma del passato quando torna a tormentarci. Il rimorso del giovane era diventato così reale da dilaniare il suo corpo in un solo colpo. È come un veleno che si insinua nella nostra mente ed è sempre troppo tardi per accorgersene. Il corpo rimase lì per terra in preda ai corvi e agli sciacalli.

Ancora oggi gli avventurieri alla ricerca del Forziere del Mana vedono la sua sagoma, persa tra altre mille nella neve candida. Tutte persone ambiziose, vuote, che perdono tutto quello che hanno dentro pur di avere quello che c'è fuori. Un giorno, se avete tempo, andate in cima a quella montagna a vedere i corpi: sono senza budella. Si dice che al goblin piaccia collezionarli, ma nessuno prende mai la storia seriamente.

Il drago che sapeva troppo

La mitologia, la leggenda, copre ogni fenomeno che l'uomo non sa o non può spiegare. Mostri, draghi, creature alate, figure magiche e misteriose hanno vissuto per secoli nelle pagine dei libri con le loro facce terrificanti e le loro urla raccapriccianti. Esempi da evitare e da combattere. Ma perché?

Il piccolo drago Teferi era un innocuo drago arancione nel pieno della sua giovinezza. Da sempre aveva vissuto con i suoi simili nelle terre di Weatherlight, una piccola zona paludosa fortunatamente rimasta incontaminata, lontana dall'uomo e dalle sue diavolerie. Teferi era sempre in giro, volava sempre qua e là sulle acque stagnanti, cercando di esplorare ogni singola cosa di quel piccolo mondo. Era così pieno di energie che avrebbe potuto volare e saltellare per ore e ore.

Una mattina, nel pieno delle sue forze, si spinse fino ai limiti delle sue terre dove la terra arida subentrava alle acque fangose di Weatherlight. Teferi notò che ai margini della foresta vi era una piccola torre di mattoni. Curioso di vederla da vicino, planò dolcemente di fronte ad esso. Non era altro che una semplice torre di mattoni, probabilmente un rifugio per gli animali o gli uomini stessi, solo che sulla cima splendeva sotto il sole caldo una statua d'oro. Teferi non riusciva a distinguerne la forma, sembrava non averne una. Poggiava su quattro zampe, ma il corpo era qualcosa di incomprensibile, un intreccio di parti dorate che però non avevano senso. Teferi cercò di capire, ma rimase confuso più di prima. Poi si accorse che una miriade di scritte correvano lungo le mattonelle, giù per i muri, come se la torre fosse un libro. Il piccolo drago, incuriosito ancora di più, cominciò a decifrare la serie di immagini e simboli che riempivano la torre. A prima vista non c'era un inizio né una fine, di sicuro l'interpretazione stava al lettore. Verso il calar della sera Teferi aveva quasi completato l'intera torre e la sua mente aveva acquisito un gran numero di nozioni, dalla filosofia alla grammatica, dalla storia alla scienza, dalla matematica alla storia. Sapeva ormai individuare i fenomeni fisici e ricavarne le rispettive leggi, riusciva a risolvere calcoli complicatissimi e a costruire veri e propri concetti metafisici. Una mente illuminata, ecco cos'era diventato, sapeva cose che gli altri non sapevano, era una mente superiore agli altri draghi. Teferi, preso dallo stupore, si alzò in volo e in preda alla gioia si diresse verso casa sfrecciando nel vento come l'aereo di un certo Leonardo. Tornò a casa a notte fonda, la palude era silenziosa, tutti i draghi erano ormai a dormire. Teferi era ancora eccitato per la scoperta e decise di aspettare il giorno seguente per mettere in pratica la sua nuova intelligenza.

La mattina dopo Teferi intraprese l'attività di oratore e per tutta la giornata parlò in continuazione, spiegò le sue teorie e subito ne confutò le affermazioni, tutto da solo davanti agli sguardi assenti degli altri draghi. Il piccolo drago si sentiva al centro dell'attenzione, contento di poter comunicare agli altri la sua sapienza, ma mancava qualcosa in tutto questo. Parlava solo lui, non c'era un dibattito dialogico con il pubblico, secondo il pensiero di un personaggio di nome Platone. Era come se esistesse solo lui. Che senso aveva parlare di metafisica, di poesia, di astronomia, di processi escatologici, se le persone davanti a lui erano mute e analfabete? Decise di portare l'intera tribù presso la torre, e così fece. Per tutta la giornata i draghi rimasero assorti a leggere le scritte e quando apparvero le prime luci del tramonto tutta la comunità era ormai capace di capire e riflettere. Teferi, soddisfatto del grande passo che aveva fatto fare alla sua gente, si appollaiò sulla cima della torre e con voce tonante cominciò il suo discorso. Purtroppo nessuno rimase lì ad ascoltarlo, non potevano stare lì a perdere tempo con lui, c'era una marea di argomenti da apprendere e approfondire. In un attimo la torre si svuotò e i draghi se ne andarono per i fatti loro, alcuni si misero a studiare le piante della foresta, altri discussero lo sviluppo che questa sapienza avrebbe comportato e così nacquero le prime ideologie. Poi si scatenarono i primi disaccordi, le prime risse, e infine esplose una vera e propria battaglia in così poco tempo. I draghi si divisero in fazioni pur di difendere a tutti i costi le idee che sostenevano. Il conflitto durò tutta la notte, tra fuoco e fiamme, e Teferi ne fu lo spettatore. Rattristato dall'evento e preoccupato per come la situazione gli fosse scivolata dalle mani, voltò le spalle al campo di guerra e scomparve nel buio dell'oscurità.

La mattina dopo era scesa una densa foschia sulle acque putride di Weatherlight. Migliaia di draghi giacevano morti o feriti attorno alla torre. Quelli assetati di sangue e potere se ne erano andati alla ricerca di nuove terre. Pochi erano rimasti sul campo di battaglia. E così da quel giorno i draghi presero strade diverse, tutti quanti avevano perso l'innocenza di un tempo. Il lume della ragione li aveva resi ciechi, senza un'anima con cui confidarsi. Ora se ne stanno nel buio delle loro tane, pronti a devastare campagne e villaggi, terrorizzando donne e bambini e sfidando re e cavalieri. Se ne stanno lì al buio su un mucchio di ossa rotte e crani spezzati, con la pelle graffiata e gli occhi accesi dall'ira, gridando il lamento infuocato di chi vuole avere sempre ragione.

La croce di San Donizio

Dardania è una città a forma di croce, di certo non unica nel suo stile, ma con una sua originalità: ogni anno al centro di questa grande croce viene allestita la fiera di oggetti antichi. La città è grande e le razze che passano da Dardania sono milioni. Non c'è persona che non passi di qui pur di concludere un buon affare o almeno così la pensava Sir Beagle mentre attraversava l'imponente portale Ovest.

Le strade erano molto affollate, molte persone erano giunte a Dardania quella mattina e già era nato il caos: le urla, i cigolii delle carovane, i nitriti dei cavalli, lo stridore dell'acciaio, di certo non un posto tranquillo per fare acquisti. Quello che vedevi sulle bancarelle non valeva poi tutta la fatica fatta per arrivare fin qui: lampade d'ottone, vasetti di ceramica, ciondoli, bracciali, pergamene, oggetti piuttosto vecchi che però certa gente valutava come se fossero oro puro. Naturalmente Sir Beagle non era venuto a Dardania per una determinata cosa, soltanto per vedere cosa c'era di interessante. Presumeva di avere il fiuto per gli affari, anche se alcuni amici dicevano di averlo visto comprare un asino cieco in cambio di una pergamena egizia.

La strada principale era coinvolta nel suo viavai di mercanti e in quel momento Sir Beagle era intento ad analizzare una clessidra in bronzo. Ad un tratto un uomo sbucò dalla folla correndo come un pazzo e si aggrappò proprio a Sir Beagle a cui prese un colpo. Spaventato a morte, si girò di scatto e vide questo povero uomo vestito di stracci, sudato, pieno di cicatrici in faccia, gli occhi stanchi e con in mano una croce. Subito, senza aspettare un secondo, pronunciò alcune parole, un sibilo quasi impercettibile.

'Vuole...comprare...' disse l'uomo affiatato. '...questo oggetto d'arte...signore?'

Sir Beagle strabuzzò gli occhi poi guardò di nuovo la croce. Che oggetto bellissimo! Una croce stupenda lavorata in legno, ebano per la precisione. Quella sembrava essere un'opportunità. Era così affascinato da quell'oggetto che non sentiva più neanche le urla dei mercanti. Poi l'uomo parlò con un tono di voce più alto e Sir Beagle tornò nella vita reale.

'Allora, è deciso a comprare la croce di San Donizio?'

'Come? Certo che la compro. Non sono imbecille come lei che dà via un oggetto prezioso del genere.'

L'uomo rimase attonito. Un mezzo sorriso apparve sulla sua bocca e gli occhi stanchi subito si accesero di gioia. Lanciò un urlo straziante, tutti quanti lo udirono e rimasero sorpresi. L'uomo era come impazzito, saltava, abbracciava tutti quanti intorno, poi di colpo corse nella parte opposta da cui era venuto e sparì di nuovo nella folla. Sir Beagle era sconcertato. Quel pazzo ancora cantava in fondo alla strada e non si era accorto di aver dimenticato la croce senza retribuito: proprio un affare coi fiocchi. Probabilmente si sbagliava

Per tutto il giorno Sir Beagle girò per le vie di Dardania, ma la sua mente era sempre rivolta alla croce. Quando ormai il buio cominciava a ricoprire le strade e le carovane, decise di ritornare a casa da dove era venuto, cioè attraverso il portale Ovest. C'era poca gente in quel momento e così colse l'occasione per poter uscire tranquillamente ed evitare la massa di gente che rientrava a casa. Non appena varcò il portale, una nube densa apparve davanti a lui. Sir Beagle fece un passo indietro. Dalla nube uscì la sagoma di uno squalo e Sir Beagle rimase alquanto stupito. Fu ancora più sbalordito quando lo squalo iniziò a parlare.

'Uomo, non lasciare la città, non permettere che l'acqua abbandoni questo luogo...l'equilibrio non deve essere mai rotto...'

E all'improvviso, come era apparso, scomparve e ora al suo posto si innalzava una barriera di fuoco con le fiamme altissime. Sir Beagle si strofinò gli occhi, ma il fuoco era sempre lì, non era un'allucinazione. Ne sentiva il forte calore sulla pelle. Indietreggiò lentamente e spaventato per l'accaduto scappò via verso il portale Nord.

Anche il portale Nord era vuoto, forse perché ora di cena. La zona era calma, nessun rumore, nessuno soffio di vento. Sir Beagle si apprestò a varcare in fretta il portale, ancora confuso per quello che era successo prima, ma non appena mise il piede sotto il possente arco un'altra nube apparve. Stavolta dalla nube uscirono due folletti verdi e anche loro parlarono.

'Uomo, non lasciare la città, non permettere che la terra abbandoni questo luogo...l'equilibrio non deve essere mai rotto...'

E anche loro scomparvero in un batter d'occhio. Al loro posto un'enorme barriera di fuoco, il doppio della precedente, bloccava il passaggio. Sir Beagle era sempre più terrorizzato. Non poté fare altro che scappare di nuovo, stavolta verso il portale Est. Preso dalla paura, corse come un pazzo con il cuore che batteva forte e rimbombava per le strade silenziose di Dardania.

Al portale Est la situazione era la stessa: un silenzio assoluto. L'unico rumore appena percettibile era il cigolio di un'insegna, ma per il resto la città sembrava abbandonata. Sir Beagle era ancora in preda al panico, ma non aveva perso del tutto il controllo. Infatti prima di varcare il portale meditò con attenzione e si guardò intorno cercando di dare un senso logico. Purtroppo non servì a niente, non c'era niente di strano lì fuori, solo un vecchio portale di legno. Non trovando altra soluzione, Sir Beagle varcò il portale e ancora una volta una nube gli sbarrò il passaggio. Dalla nube emerse un'altra figura, un uomo avvolto in una tunica dai colori esotici e adornato da mille collane e gioielli. Insieme a lui si alzò un forte vento, ma la sua voce riuscì a sovrastare la potenza del vento.

'Uomo, non lasciare la città, non permettere che l'aria abbandoni questo luogo...l'equilibrio non deve essere mai rotto...'

E ancora una volta la figura si dissolse in un attimo e il fuoco si mise tra Sir Beagle e il mondo esterno. La pazienza era ormai scomparsa e Sir Beagle non aveva più la forza di andare avanti. Cosa aveva fatto per meritarsi tutto questo? Perché tutto questo all'improvviso? Non poteva sopportare l'idea di dover rimanere bloccato tra le quattro mura di Dardania, e così decise di andare al portale Sud una volta per tutte. Intanto la notte fonda regnava sui tetti vuoti di Dardania.

Dal portale Est al portale Sud Sir Beagle non incontrò anima viva e pensandoci un attimo tutti i portali che aveva visitato erano incustoditi, neanche una guardia. L'intera fiera era scomparsa insieme all'intera popolazione di Dardania. Cosa diavolo stava succedendo? Forse era arrivata la fine del mondo? Anche il portale Sud era completamente vuoto, abbandonato, ma le cianfrusaglie sulle bancarelle, i mobili nelle case, le carovane, tutto era rimasto al suo posto al di fuori degli esseri viventi. Sir Beagle aveva una sola scelta da fare: aprire l'ultimo portale. Era l'unico modo per finire questo incubo e scoprire la verità. Spinse con forza il portale, ma un'altra nube aveva già occultato il mondo esterno. Ad un tratto apparve la sagoma di una lucertola, ma rimase avvolta nella nube e Sir Beagle poté vedere solo la sua ombra e sentire la sua voce profonda.

'Uomo, non lasciare la città, non permettere che il fuoco abbandoni questo luogo...l'equilibrio non deve essere mai rotto...'

Poi accadde qualcosa di diverso. La nube si dissolse e dall'altra parte del portale apparve il cielo notturno, gli alberi e i verdi prati illuminati dal chiarore delle stelle. Purtroppo Sir Beagle non ebbe il tempo di ammirare tutto questo; era già scappato per le strade labirintiche di Dardania sull'orlo della disperazione alla ricerca dell'uscita che non c'era, ma c'era sempre stata.

La mattina successiva un tiepido sole autunnale brillava sopra le guglie di Dardania. Il trambusto era ricominciato in ogni via della città, il profumo di nuovi affari era sempre nell'aria. Ma dove i raggi del sole non riuscivano ad arrivare, in un vicolo stretto e sporco, Sir Beagle se ne stava rannicchiato in un mucchio di coperte piene di polvere. Era sveglio con gli occhi sbarrati nel vuoto. Nella sua testa riecheggiavano le parole delle quattro figure, un vero e proprio incubo. Aveva cercato di alzarsi durante la notte, ma aveva preferito rimanere lì immobile fino all'alba. Ore e ore di riflessione lo avevano aiutato molto, intuì che tutto quello che era successo la notte scorsa doveva avere a che fare con la croce, quella maledetta croce senza valore. Forse si sbagliava, ma in quel momento avrebbe regalato pure il suo dente d'oro pur di uscire da quella prigione. Senza pensarci due volte si alzò in piedi e con passo deciso sebbene un po' barcollante se ne andò verso il portale Ovest. La strada principale era affollata come il giorno precedente, tanta gente, davvero tanta, ma Sir Beagle non ci fece caso. Gli occhi stanchi e la pelle sudata e sporca lasciavano intravedere un aspetto sofferente, ma allo stesso tempo assente dal mondo circostante. Sir Beagle non cercava altro che il portale e ci arrivò subito, tanta era la voglia di libertà. Si fermò proprio davanti, nello stesso punto in cui era apparso lo squalo. Rimase fermo a guardare l'orizzonte per un paio di minuti, poi all'improvviso una mano lo toccò sulla spalla. Sir Beagle si girò di scatto, nervoso com'era, ma mantenne la calma. Di fronte a lui si presentò un nobile cavaliere dall'armatura azzurra.

'Salve, è in vendita quello?'

Sir Beagle non capì subito, poi vide il dito del cavaliere puntare la sua mano: voleva la croce! Sir Beagle non riuscì a controllare la sua euforia, consegnò di fretta la croce e gridò a squarciagola.

'Tenga, tenga, glielo regalo questo arnese. Io da oggi sono un uomo libero!'

E corse via. Il cavaliere con aria sorpresa lo vide correre via oltre il portale, tra le carovane, verso l'orizzonte lontano, gridando e saltando come un matto. Finalmente Sir Beagle poté riammirare ciò che credeva di aver perso per sempre, il mare, la terra, il cielo, il sole.

La battaglia purpurea

La battaglia. Il valore della battaglia. La forza della battaglia. Il sangue della battaglia. La crudeltà della battaglia. I morti di una battaglia. Quanti sono? Cento, mille, milioni, ma basta uno per scatenare l'orrore.

L'Armata Sacra procedeva senza sosta verso la radura. Re Harold il Biondo aveva guidato le truppe con audacia per giorni interi. Erano le prime ore del mattino, mancava poco allo scontro decisivo. Il Sole avrebbe guidato le loro spade.

L'Armata del Terrore avanzava decisa, impassibile, a ritmo veloce, dietro i passi lenti del Generale. Gli stendardi neri si agitavano al triste vento delle montagne, la radura era proprio giù davanti a loro. Le truppe vestivano armature scure come la pece, teschi penzolavano sui fianchi dei cavalli. Nei loro occhi si poteva leggere la sete di sangue.

L'Armata del Caos procedeva senza un preciso ordine, guidati dal temuto orco Flarg. I suoi soldati erano rozzi, piuttosto malconci nelle loro armature rosse. Sputavano e bestemmiavano in continuazione devastando ogni cosa sul loro cammino, dalla vegetazione a interi villaggi. I loro ruggiti si sentivano a distanza: quello era il loro grido di guerra.

L'Armata della Quercia Secolare era ferma nel bosco, non vedevano la radura, ma quello era un ottimo nascondiglio per il momento. L'esercito delle tigri era in stato di riposo e il principe Greenie era intento a progettare il suo piano d'attacco. Doveva mettere in atto la sua vendetta il più presto possibile e l'elemento sorpresa era la cosa più importante.

Il sole si innalzava lentamente nel cielo a mano a mano che il tempo passava e le armate si facevano sempre più vicine. L'Armata Sacra apparve proprio sulla linea d'orizzonte, ma si arrestò in attesa delle altre armate. L'Armata del Terrore spuntò da dietro una collina a poche centinaia di metri dalla radura. L'Armata del Caos, invece, a causa del suo disordine si era divisa in due parti che sbucarono in due punti differenti. Naturalmente L'Armata della Quercia Secolare non era presente. Il principe Greenie era nel bosco e da dietro alcuni cespugli aveva ora una bella visuale del campo di battaglia.

A mezzogiorno le truppe dell'Armata Sacra ripresero il cammino dopo una sosta per il pranzo durata due ore. Il passo era ora più lento e i soldati erano sempre più nervosi. In lontananza potevano vedere i cavalli neri dell'Armata del Terrore scendere dalla collina. Sembrava uno sciame di mosche pronto a divorare i nemici. A loro volta i guerrieri del male vedevano un manto candido muoversi piano piano, una visione che faceva ribollire il sangue dalla rabbia. Intanto sia a destra sia a sinistra le truppe dell'Armata del Caos si spostavano qua e là ai piedi delle colline come una piaga: erano pronti al massacro.

La scintilla scoppiò nel primo pomeriggio per un motivo alquanto stupido. Le tre armate erano ormai quasi vicine. Anche la quarta era vicina, ma nessuno lo sapeva. Improvvisamente un soldato dell'Armata Sacra si accasciò a terra. I suoi compagni lo videro per terra su un fianco a sputare sangue. L'effetto fu immediato, tutti si voltarono inorriditi verso il povero soldato che giaceva a terra morto. Il re si accorse del disordine, si avvicinò alla folla e vide il corpo senza vita del soldato.

'Chi è stato?' disse arrabbiato il re. 'Di sicuro qualcuno dell'Armata del Terrore ha lanciato un incantesimo malvagio su di noi. Non possiamo permetterlo, miei prodi. Attacchiamo ora, per la gloria del Sole!'

La risposta delle truppe fu unanime: attacco immediato.

Dall'altro lato della radura l'Armata del Terrore si era fermata a combattere alcuni orchi sbucati dal nulla. Niente di pericoloso, ma bisognava stare attenti, gli orchi e i goblin erano bravi a preparare trappole e a scatenare il panico. Tuttavia non ci furono grossi problemi, l'Armata del Terrore poté continuare il suo cammino di morte. Poi l'Angelo della Morte suonò il corno e l'attenzione di tutti, compreso il Generale, si volse a guardare l'Armata Sacra muoversi di corsa verso di loro. Quello era il segnale, quello era il momento. Il Generale pronunciò una frase misteriosa e tutte le truppe risposero con un grido: la guerra era appena cominciata.

L'Armata del Caos notò il movimento fulmineo dei due schieramenti. Non c'era tempo da perdere e in men che non si dica le due truppe si mossero una verso l'Armata del Terrore, l'altra verso l'Armata Sacra. Anche per loro era il momento di combattere. Al contrario l'Armata della Quercia Secolare non era ancora pronta, rimasta lì ad osservare la radura dove tra poco si sarebbe scatenato l'inferno.

L'impatto avvenne in un attimo e fu così violento che molti morirono sul colpo. Le armature si scontrarono in un feroce duello corpo a corpo, accompagnate dal clangore delle spade. All'inizio ci fu una tale confusione, poi dal disordine si passò alla carneficina. In pochi minuti la radura si era trasformata in una pozza di sangue, piena di corpi, o meglio, brandelli di corpi. I guerrieri dell'Armata del Caos erano i più violenti, trucidavano ogni nemico senza pietà, alcuni divoravano addirittura le carni insanguinate sparse per il campo di battaglia. L'Armata del Terrore, invece, era sadica, godeva nel causare dolore agli altri. Alcuni soldati dell'Armata Sacra vennero addirittura presi col cappio al collo e trascinati per terra per tutto il corso della battaglia. L'Armata della Quercia Secolare vide tutto questo in un turbinio di bianco, di nero e di rosso. Era giunto il momento di dare vita al loro piano strategico e così con scatto fulmineo uscirono da dietro i cespugli, diretti verso il bagno di sangue.

Il secondo impatto fu altrettanto tremendo. Purtroppo il piano della Quercia Secolare non si rivelò molto soddisfacente. L'elemento sorpresa funzionò in parte poiché alcuni soldati dell'Armata Sacra se ne accorsero in tempo e così ci furono perdite da entrambe le parti. Nessun cambiamento dunque, tutte e quattro le armate subirono gravi perdite. Poi la situazione cominciò a peggiorare lentamente e al calar del sole non rimase più nessuno, tutti morti. Può sembrare strano, ma non ci fu alcun sopravvissuto. Rimase solo una grande chiazza purpurea al centro della radura, il risultato di uno scontro veramente atroce. Ma ne era valsa la pena? Se fossi in voi andrei a guardare il soldato dell'Armata Sacra, quello morto prima dell'attacco. Guardate nella chiazza di sangue vicino alla bocca e vedrete qualcosa luccicare: quello stupido aveva ingoiato per sbaglio una scheggia di vetro caduta nel suo piatto. A volte il prezzo di una battaglia può essere veramente ridicolo.

La forza del re

La superstizione non è uno scherzo. A volte può condurti alla distruzione senza che tu lo voglia. È difficile salvarsi in tempo, la cosa migliore è lasciare perdere.

C'era una volta un re possente, così forte da avere muscoli capaci di disintegrare una trave di legno. Non era cattivo, ma aveva il difetto di essere superbo per via delle sue notevoli doti e a volte si preoccupava di perderle. Una notte fece un incubo raccapricciante. Sognò una figura misteriosa, un'ombra della notte venuta a comunicargli qualcosa di importante.

Tu, uomo possente, re di questo popolo, ascolta il mio messaggio. Tu non sei il più forte, c'è un altro uomo più forte di te. L'ho visto sradicare alberi, spazzare via villaggi con un semplice soffio, polverizzare massi enormi. Stai attento perché un giorno potrebbe venire al tuo castello e distruggere ogni cosa. La tua forza non basterà a fermarlo!

Il re si svegliò di colpo in un bagno di sudore. La sua più grande paura ora sembrava essere una vera minaccia per il suo regno. Il re era superstizioso per certe cose e per questo ospitava una maga in una torre del castello. Persona strana, ma tutti la ammiravano per la sua bravura nella magia. Aveva risolto molti problemi per il regno e quindi, secondo il re, avrebbe risolto pure questo.

La mattina successiva al sogno il re arrivò in fretta e furia alla porta e bussò tre volte. La vecchia maga aprì la porta molto piano. Era avvolta in uno scialle verde scuro.

'Mio signore, qual buon vento la porta?' disse con una voce fioca.

'Sono in pericolo.' disse il re tremolante.

Entrò subito nella stanza e si sedette sulla solita poltrona per gli ospiti. La vecchia maga era abituata agli sbalzi di umore del re e quindi non fece alcun commento. Si sedette di fronte a lui e attese con indifferenza. Poi il re parlò.

'Maga, ho scoperto di non essere il più forte. Qualcuno mi precede ed è un pericolo per me e gli altri.'

'Aspetti sire, prima di esporre il suo problema vorrei chiarire il fatto che io non sono ancora stata ricompensata come dovuto...'

'Al diavolo!' la interruppe il re. 'Si tratta della mia vita, perbacco!'

'Va bene.' rispose la vecchia maga con una smorfia indignata.

Si alzò dalla sedia e andò verso il tavolo pieno di boccette e volumi enormi. Raccolse una serie di oggetti strani e dopo aver chiuso gli occhi cominciò a meditare. Il re attese con ansia. La vecchia maga agitò le mani, mormorò paroline magiche e infine riaprì gli occhi. Si girò lentamente verso il re.

'Gli astri dicono che l'uomo più forte del mondo esiste e vive nelle miniere di Myfors. Avevate ragione, sire, siete in pericolo.'

'Come? Avevo ragione? Allora non c'è tempo da perdere. Bisogna darsi da fare.'

Corse fuori giù per le scale. In pochi attimi riunì tutti i consiglieri comunicando l'accaduto. La reazione fu varia, molti protestavano gridando al re di non fidarsi della magia, altri incoraggiavano a partire immediatamente per la sicurezza di tutto il popolo. Il re, vedendo che quelli scettici per la magia erano tutte persone ostili nei suoi confronti, decise di allestire un piccolo esercito. Prese con sé i migliori cavalieri e alcuni minatori e partì il giorno stesso.

Le miniere di Myfors non erano lontane. Si trovavano ai piedi delle Montagne Rosse, una zona facente parte del regno, ma disabitata da anni. Venivano chiamate miniere, ma fin dall'alba dei tempi sia le miniere che i luoghi circostanti erano rimasti improduttivi e inospitali. Il re ci era stato solo una volta da giovane e ora ci doveva ritornare per un motivo più importante. Non sapeva come sconfiggere una persona invincibile, per il momento l'unica cosa da fare era individuare il suo nemico numero uno. Dopo un paio d'ore di cammino il re giunse ad un bivio, una era la strada maestra, l'altra invece era una strada sterrata e malcurata. Quest'ultima portava alla miniera. Non c'era nessuna indicazione, ma il re lo sapeva. Sotto un cielo tetro e grigio i nostri eroi si avviarono immediatamente. Davanti a loro le Montagne Rosse si innalzavano mastodontiche, completamente prive di alberi, e ai loro piedi stava la miniera, un tunnel in sfacelo, proprio sul punto di crollare. Per i minatori non era molto invitante, un uomo doveva avere molto coraggio per vivere in una trappola mortale come quella. Il re non fece caso al commento e insieme a tutti gli altri si addentrò nelle caverne buie. Naturalmente i minatori avevano portato il materiale necessario, picconi, lanterne, corde e un po' di speranza, ma quella miniera non era per niente sicura. Ad un tratto le pareti della caverna saltarono in aria, l'esplosione colse di sorpresa la squadra e molti perirono all'istante. Soltanto il re, due cavalieri e un minatore si salvarono. Il tunnel si riempì di fumo, fumo che non accennava a dileguarsi. I quattro superstiti brancolarono al buio con gli occhi accecati dal fumo. Il re cercò di correre via verso l'uscita, ma colpì contro una parete rocciosa. Cadde a terra mentre le grida lontane dei suoi compagni invocavano aiuto.

Passò molto tempo, e il re rimase svenuto per un bel po' a sognare ancora una volta. Apparve di nuovo l'ombra della notte, questa volta con una tunica addosso. Con amara sorpresa il re si accorse che dietro il cappuccio si nascondeva il volto della maga.

Stupido re, sei rimasto vittima di un inganno! Sei ormai finito! Avresti dovuto soddisfarmi col denaro, ma la tua superbia è stata più forte. Non hai visto chi era il tuo vero nemico? Ora la magia ha avuto il suo effetto: io sarò la regina di un nuovo regno...

Il sogno sparì e il re si ritrovò al buio. Silenzio. Chiamò i nomi dei suoi compagni. Nessuna risposta. Improvvisamente pietre cominciarono a crollare, l'intera miniera tremava. Non c'era via di scampo, la paura aveva sconfitto l'audacia del re, vittima della superstizione. Sarebbe finito sotto il peso delle macerie, rimpiangendo per sempre il peso del suo sbaglio.

Uno scherzo nel buio

Il cimitero era avvolto nella nebbia. Poca gente passava a quell'ora, l'ambiente non era di certo allegro. La casa dei non morti di Quinton aveva la fama di essere stata il teatro di omicidi brutali a scopo satanico. Voci di paese direte voi, così interessanti da stuzzicare la curiosità di molti, in particolare gli appassionati dell'occulto. Richard Thomas era uno di questi, un apprendista stregone per la precisione. Da poche settimane era entrato a far parte della Setta dell'Unicorno Perlaceo. Non era una setta ben vista dagli abitanti di Quinton, ma erano in tanti a farne parte. La sera quando scendeva la nebbia si poteva sentire in lontananza il motto riecheggiare per le strade buie.

Se tu crederai all'esistenza dell'Unicorno, io crederò alla tua.

Anche la sera in cui Richard Thomas si avvicinò al cancello del cimitero la nebbia nascondeva ogni cosa. Il vento soffiava piano ed era gelido, gelido come i cadaveri. Gli alberi si muovevano leggermente, mossi dal vento, senza vita come veri e propri cadaveri. La strada era deserta, senza luce, e solo il grande lampione nella piazzetta di fronte illuminava il tutto. Dove non arrivava la luce regnava il buio totale pronto a scatenare dal nulla chissà quali forze misteriose. Il cimitero era tranquillo, immerso nel silenzio, e le lapidi giacevano mute sull'erba umida.

Richard era piuttosto teso, ma voleva far vedere a tutti di essere qualcosa di più di un semplice apprendista. Scoprire i delitti del cimitero era roba grossa, avrebbe garantito lui una posizione davvero soddisfacente. Ora era lì di fronte al cancello arrugginito, era il suo momento, l'attimo fuggente. In quel momento una zanzara lo morse sulla gamba e interruppe i suoi pensieri. Che fastidio, dannati insetti! Cercò di non farci caso più di tanto, aveva altre cose a cui pensare. Senza sostare un secondo di più in quella piazza desolata, tirò fuori dalla tasca un fil di ferro. Forzare il lucchetto era un gioco da ragazzi, ma doveva essere un lavoro pulito visto che il piano che aveva in mente era illegale. Né il lucchetto né il cancello opposero resistenza, ma il cigolio assordante dei cardini del cancello fu qualcosa di terrificante. Riecheggiò nell'aria come uno squillo di tromba e Richard rimase fermo ad aspettare che qualcuno uscisse fuori a fermarlo. Nessuno. Il cimitero ritornò a dormire nel suo silenzio tombale. Richard poteva stare tranquillo, non c'era nessuno, nemmeno un custode. I morti erano stati abbandonati dai vivi e ora erano costretti a giacere nel fango, ricoperti di muschio per l'eternità.

Subito dopo il cancello si presentavano due grandi statue di marmo, le più grandi del cimitero. Non erano i soliti angeli, ma due figure ambigue: a destra un uomo dai capelli lunghi con addosso una tunica intorno alla vita, a sinistra la solita figura misteriosa con addosso un mantello col cappuccio. Dopo aver fatto una decina di passi oltre le due statue, Richard sentì un tonfo. Si bloccò all'istante, rimase fermo un secondo e si girò molto lentamente. Chi diavolo c'è qui, pensò. Un gatto, uno stupido gatto nero, era sceso dal piedistallo della statua dell'incappucciato. Richard tirò un sospiro di sollievo. Stava per lasciarsi scappare una risatina quando l'allegria si tramutò in terrore. Dalle maniche dell'incappucciato erano spuntati sei artigli, tre da ogni lato. Questo non era di sicuro un gatto, ma cosa? Le sue domande non servirono a niente. All'improvviso la statua si animò alzando le braccia al cielo. Richard stette zitto e piano piano cercò di indietreggiare, ma per un errore fatale schiacciò un ramoscello. La statua sentì lo scricchiolio e si voltò di scatto. Richard fu in preda al terrore: un volto orripilante si intravedeva al chiarore della luna. Non poteva correre, né urlare, avendo visto la Morte in faccia. La statua scese dal piedistallo e si avvicinò verso Richard. Non disse niente per un momento. Richard sapeva di aver a che fare con qualcosa di paranormale, ma doveva farsi coraggio: un incontro con la Morte, splendido!

'La...Morte...suppongo...' disse balbettando Richard.

'Supponi bene, uomo di carne,' rispose finalmente la Morte con una voce dell'oltretomba da gelare il sangue. 'ma il mio vero nome è Dauthi.

'Perché...mi ha...ehm...chiamato..."uomo di carne"...se mi è consentito...chiedere?'

'Beh, mi sembra logico, io non vedo molte persone vive nel mio lavoro. E tu cosa ci fai qui, nella casa dei non morti, a quest'ora?'

L'orologio del campanile di Quinton batté dodici volte la mezzanotte, sembrò un'eternità.

'Ehm...io...credo...ehm...come posso dire...credo che i morti viventi esistano.' disse Richard con tono azzardato.

La Morte inarcò le sopracciglia, la faccia mostruosa rimase nella penombra, ma gli occhi verdi luccicarono. Cadde il silenzio, anche quel momento sembrò durare un'eternità. Richard pensò di aver toccato il centro vedendo la Morte lì a riflettere. Alla fine la Morte lo guardò in faccia, uno sguardo penetrante fino al midollo. Gocce di sudore freddo scivolarono sulla schiena di Richard, il vento si alzò in maniera mostruosa per pochi secondi e poi tornò il silenzio. La Morte parlò.

'Peccato, vuol dire che non credi in te stesso.'

La frase sibilò come un pugnale e Richard morì in un momento con la fitta al cuore. Bastò un attimo, il tempo di udire il gufo intonare il suo lamento funebre in lontananza e il corpo di Richard cadde nel fango e nel muschio. La

Morte rimase fredda, si avvicinò cautamente al corpo ed estrasse il suo pugnale. Si girò verso la statua di destra.

'Ehi Alfred, è fatta...è morto sul colpo! Vieni fuori!'

La statua si mosse piano, si guardò in giro e scese tranquillamente dal piedistallo.

'Meno male, stavo crepando di freddo. Dai, andiamo, il nostro lavoro qui è fatto. Già leggo sui giornali di domani: "Un'altra vittima al cimitero di Quinton" oppure "Un'altra anima in onore della setta dell'Unicorno Perlaceo".'

'E piantala!' disse in tono scherzoso l'altro togliendosi la maschera mostruosa. 'Era una cosa da niente questo povero cretino.'

- Ok, ok, però andiamocene via subito, questo posto mette i brividi...ah, un'ultima cosa, ricordati che dobbiamo riportare le due vere statue prima di domattina.'

I due si voltarono un'ultima volta a guardare il corpo di Richard.

'Eccolo lì!' disse Dauthi. 'Ucciso per mano del destino, sospeso tra la Vita e la Morte. "Un altro sipario si chiude sul teatro di delitti brutali a scopo satanico". Questo non starebbe male nel giornale di domani!'

La luna brillò in cielo un'ultima volta, poi scomparve tra le nuvole. Il vento ruppe il silenzio di tomba e la nebbia si fece fitta. Quinton scomparve nel nulla...un altro scherzo nel buio.

Una semplice domanda

I due nani guerrieri erano seduti al tavolo in fondo alla sala. Quello era il loro posto abituale e nessuno alla Locanda del Vigilante Ubriaco metteva in discussione quello che decidevano loro. Si chiamavano Peter e Venters, ma non si capiva bene chi fosse Peter e chi fosse Venters. Non erano molto loquaci, qualche parola di sfuggita al bancone, nient'altro. Erano tipi solitari, vagavano per le strade ogni santo giorno, sempre in coppia. Molti dicevano che fossero reduci dalle Guerre del Nord, ma nessuno volle mai conferma. Infatti i due nani stavano sempre insieme e odiavano la presenza di stranieri. Per questo la sera si rifugiavano nell'angolo più buio della locanda a sorseggiare birra e a parlare sottovoce.

Io non li conoscevo ed era pure la prima volta che mettevo piede in quel paese, ma soprattutto in quella locanda, rinomata come la peggiore della zona. Quando entrai, i due nani erano in fondo alla sala come previsto. Prima di affrontarli, però, bevvi due bicchieri di whisky, il giusto toccasana per un'operazione delicata come la mia. Stetti fermo per un paio di secondi, poi a passi decisi camminai verso il tavolo dei due nani. Il rumorio della locanda si spense subito lasciando posto al silenzio. Tutti mi stavano di sicuro osservando mentre mi avvicinavo spavaldamente nella parte più remota della locanda. Anche i nani si erano accorti della mia presenza in avvicinamento e credetemi, i loro sguardi non erano di certo rassicuranti. Ci volle tutta la mia forza per sedermi di fronte a loro e dire un semplice 'salve'. La reazione fu totale differenza, a parte qualche occhiata minacciosa. La mia presenza non era gradita, ma dovevo conoscerli, era l'unico modo per capire. Tossii un paio di volte, niente. La terza volta, invece, la risposta fu immediata. Uno dei due nani si alzò di scatto e mi guardò fisso mostrandomi il pugnale. La situazione aveva raggiunto una fase critica. Cercai di non perdere la calma, bastava dire la frase giusta al momento giusto e avrei evitato di essere accoltellato in quella bettola. Ma la mia mente era completamente annebbiata. L'unica via di uscita era piuttosto rischiosa, e di sicuro non poteva andare peggio di così. Sussurrai la mia ardita frase.

'Non si trattano così i reduci della guerra!'

L'espressione sul volto del nano mutò all'istante. Nascose il pugnale sotto il tavolo e si rimise a sedere. Ci fu un attimo di silenzio, poi il brusio della locanda ricominciò tra gli sguardi attoniti degli increduli. Finalmente qualcuno era riuscito a sedersi con i due nani. Peter e Venters erano rimasti così colpiti dalla mia frase che subito cambiarono atteggiamento nei miei confronti. Quello che si era alzato prima, stava ora seduto a pensare. Fu proprio lui a rompere il ghiaccio.

'Ci avete trovati. Ne è passato di tempo. Pensavo che ormai fossimo un affare chiuso per il Ministero della Guerra.'

Non avevo ancora capito il filo del discorso, e dovevo stare attento a quali risposte dare.

'Lo so, lo so, soltanto adesso vi abbiamo ritrovato. Come vedete non sono qui in veste ufficiale, era meglio non andare nell'occhio.'

'Vi siete fatti riconoscere lo stesso.' rispose il nano. 'In paese non abbiamo amicizie, cerchiamo di astenerci da questo gruppo di contadinotti ignoranti.'

'Capisco...' continuai io con aria seria. 'Tuttavia l'unica cosa che non capisco è cosa abbiate fatto tutto questo tempo dalla fine della guerra fino a oggi?'

Volevo toccare in parte il fatto della guerra anche perché mi era del tutto ignoto quale guerra fosse.

'Non è forse giusto chiedere che cosa sia successo durante la guerra?' commentò uno dei nani.

La storia cominciava a farsi interessante. Non dissi niente. Ora la cosa importante era tenere le orecchie ben aperte.

'Bene!' cominciò il nano. 'Dopo la battaglia di Dameone nelle terre del Nord l'intero esercito si divise. La nostra truppa si rifugiò nella Foresta del Tuono. Non c'erano state gravi perdite per fortuna, ma la stanchezza e il freddo si erano già fatti sentire. Io e Venters avevamo l'ordine di esplorare la zona circostante e scovare ogni possibile traccia del nemico. Durante la nostra esplorazione, i predoni di Erg riuscirono a prendere di sorpresa i nostri compagni e a sterminarli tutti. Naturalmente alcuni predoni si accorsero della nostra assenza e si diedero subito all'inseguimento. Nel frattempo noi due, ignari di tutto, continuavamo il da farsi. Soltanto quando i predoni furono abbastanza vicini da poter sentire i loro passi e le loro grida, capii che eravamo in pericolo. E così scappammo via immediatamente. Tuttavia la foresta era troppo grande e ci sarebbero voluti giorni prima di trovare l'uscita. Non sapendo dove andare, decidemmo di nasconderci da qualche parte. A pochi metri da noi rimbombava lo scroscio di una cascata. Non era una vera e propria cascata, si trattava semplicemente di un ruscello che finiva in un piccolo laghetto sottostante. La decisione fu quella di saltare nel laghetto, era l'unica via di scampo. Purtroppo i predoni capirono al volo le nostre intenzioni. La faccenda si complicava, e non bastava saltare, ma dovevano anche trovare un nascondiglio. Fu allora che Venters perse l'equilibrio e cadde giù per la cascata colpendo con la testa la parete rocciosa.'

A quel punto Venters lo interruppe con una risatina e continuò lui la storia.

'Pete non vide il mio corpo riemergere e quindi si tuffò per salvarmi. Dietro il velo d'acqua della cascata si nascondeva una magnifica grotta naturale: era bellissima. Mi ritrovai per terra all'entrata della caverna. Grazie a Dio, non mi ero rotto niente. Mi voltai indietro e vidi Pete al di là della cascata. Feci un fischio e Pete non ci mise tanto a capire che io fortunatamente avevo trovato un nascondiglio. E non era neanche un nascondiglio normale, scoprimmo ben presto di essere capitati nella dimora di un eremita. Me lo ricordo ancora, lì, sul fondo della grotta, a mormorare frasi senza senso. All'inizio era spaventato, poi, capite le nostre buone intenzioni, ci accolse con benevolenza. Noi lo chiamiamo eremita, ma non era che un semplice esploratore. Lui si era nascosto per un altro motivo. Dopo un recente viaggio nelle terre orientali, aveva finalmente scoperto il Djinn, il Senso della Vita e di tutte le cose dell'Universo. Purtroppo la risposta alle sue domande lo traumatizzò in modo irreversibile e lo spinse a nascondersi dagli uomini. In un primo momento credevo stesse scherzando, poi lui stesso volle dircelo e ora niente è come prima. In un batter d'occhio bastò una frase a far crollare tutto. Se io potessi tornare indietro nel tempo non rifarei il gesto che ho fatto.'

Il racconto si chiuse lì. Ne rimasi colpito. Alcune cose erano poche chiare, ma la condizione psicologica dei due nani era veramente disturbata. C'erano molte domande che avrei voluto porre, ma si era fatto tardi. C'era tempo soltanto per un'ultima domanda. Non so perché scelsi proprio quella, mi venne del tutto naturale.

'Che cos'è il Djinn?'

Il nano si alzò lentamente, pose la sua bocca vicino al mio orecchio e sussurrò una parola. Fu un attimo. Detto quello, rimasi ancora più colpito di prima, completamente sconcertato. Tutto quello in cui credevo crollò all'istante. Sentii il bisogno di andarmene anche se non esisteva più una meta verso cui rivolgermi. Volevo comunque andarmene, non ce la facevo più a stare lì dentro. Mi alzai salutando Pete e Venters.

'Arrivederci, vi farò sapere al più presto dal Ministero della Guerra.'

'Sapere?' disse Pete. 'Noi sappiamo già tutto e per questo abbiamo sacrificato le nostre vite, proprio come valorosi soldati. È sempre alto il prezzo da pagare!'

Uscii di fretta dalla locanda lasciandomi tutto alle spalle. Chi aveva adesso il coraggio di guardare in faccia le altre persone? Di parlare con loro? Niente aveva più senso. Forse sarebbe stato meglio lasciar perdere ogni cosa fin dall'inizio, ma l'uomo è curioso a tal punto da annullarsi in una frazione di secondo.

La Locanda del Vigilante Ubriaco è ancora lì, se vi interessa, e i due nani non si sono mai mossi di lì. Per caso volete sapere cos'è il Djinn?

Il bivio

Le anime si sentirono sole non appena la solita nebbia mattutina scese sui sentieri del bosco. I loro corpi si erano ormai decomposti sotto la terra umida e da tempo vagavano senza meta alla ricerca di aiuto. Camminavano in fila, senza fare il minimo rumore. Sembravano tutte uguali da lontano, ma da vicino si potevano distinguere medici, avvocati, mercanti, comandanti, oppure semplici contadini. Alcuni pensavano di essere ancora in vita, continuavano a parlare dei loro progetti futuri, c'era chi voleva tornare a casa anche se una casa non ce l'aveva più.

L'attesa delle anime fu breve. In lontananza s'intravedevano a malapena i fuochi di due torce. I Custodi della Fede erano finalmente arrivati e con loro il Destino. Tutti i custodi erano incappucciati in una veste bianca con una corda d'oro zecchino intorno al collo. Due camminavano davanti al corteo tenendo ben in alto le due fiaccole funebri, dietro di loro altri due portavano una barella su cui poggiava la maschera di bronzo del Destino. Un ultimo custode chiudeva la processione con in mano un groviglio di ciondoli che suonavano al ritmo del vento. Il tutto creava un'aria mistica. Le anime non erano tutte pronte a questo momento, alcune temevano il verdetto. Questo verdetto si basava sull'Equità di Mangara, una sorta di occhio per occhio, ma ben diversa dalla tradizione babilonese. Consisteva nel bilanciare le colpe e le buone azioni in modo da renderle uguali. Toccava poi al Destino valutare la giusta decisione.

La maschera di bronzo era ora davanti alle anime, inquietante come sempre, pronta a fare giustizia. I custodi intonarono un semplice canto gregoriano poi ritornò il silenzio. Passarono un paio di secondi. Ad un tratto dal gruppo delle anime impaurite si fece avanti un uomo calvo. I due custodi con le fiaccole fecero segno di tenersi lontano, ma l'uomo si fermò dirimpetto davanti a loro.

'O Destino, o Fato che guidi gli uomini, io sono Jeff A. Menges, Segretario di Stato della Repubblica Rodomontea. Vengo qui in segno di pace a trattare con voi, o Divino.'

Le anime rimasero sbalordite. Affrontare il Destino in questo modo necessitava tanto coraggio. Ci fu un brusio in sottofondo, ma fu stroncato sul nascere quando la voce profonda della maschera tuonò minacciosa.

Mortale, il tuo comportamento è inaudito nei miei confronti! Tuttavia, secondo i principi dell'Equità di Mangara, ascolterò la tua proposta.

Per fortuna l'azione rischiosa di Menges non causò brutte sorprese, o almeno, non ancora. L'ufficiale, contento di aver ottenuto il permesso di parola, prese un gran respiro e pronunciò parole fatali.

'Io, Jeff A. Menges, desidero ritornare nel mondo dei vivi al fin di rispettare l'Equità di Mangara. Io desidero prendere il totale controllo autoritario del mio popolo e nello stesso tempo renderli felici con la mia virtù. Nella città del perfetto governo io sarò per loro la libertà. Io desidero questo, o Divino.'

Ci fu un attimo di pausa, una pausa lunga e mozzafiato. La scena si fermò tesa su un punto cruciale. La maschera di bronzo era solo un oggetto, ma si vedeva un'espressione in quegli occhi di metallo, qualcosa di apocalittico che riecheggiava non appena trovava suoni e parole.

Tu, mortale, sei solo un uomo affetto da megalomania. Pensi di essere un gigante, capace di governare il mondo, ma non riesci a vedere sotto le tue scarpe dove la gente dimentica la felicità e muore in un mondo triste. Il popolo deve conoscere la propria virtù, non la tua.

E fu allora che un tuono rumoreggiò nel cielo. Un demone sbucò dal nulla, prese il povero ufficiale e lo portò via con sé nelle selve oscure del bosco. Il giudizio finale fu ultimato in un attimo per il povero Menges.

Non c'era più la nebbia, soltanto una pioggia fine fine, leggermente pungente. Il panico si era dileguato, ma le anime erano ancora terrorizzate. I custodi e il Destino, invece, erano rimasti fermi come statue. Il rito proseguì normalmente. Nessuno fece domande, subirono in silenzio le punizioni, gradirono in silenzio i premi. Nessuno volle sapere dove fosse finito Menges. Soltanto alla fine delle celebrazioni il Destino pronunciò le ultime parole della giornata.

Quell'uomo di prima è ormai storia. Era tanto preoccupato nel cercare una vita migliore che ha perso anima e corpo. Adesso è nella città delle illusioni, nella città delle delusioni, a cercare il sorriso perduto nel mondo utopistico dei vivi.

La maschera di bronzo luccicò sotto il sole che brillava nel cielo. Il brutto tempo era scomparso, il sole brillava forte nel cielo blu. Le anime, ricoperte da un velo dorato, seguirono il corteo dei Custodi della Fede con un sorriso sulle labbra, liberi finalmente dal peso delle preoccupazioni, pronti per un nuovo viaggio nell'Eterno Sonno.

Primavera 2000

www.ingramcontent.com/pod-product-compliance
Lightning Source LLC
Chambersburg PA
CBHW061057050726
47592CB00004B/1714

9 780099 572740 3